L'AMOUR

DE

LA GLOIRE.

A POITIERS,

CHEZ CATINEAU, IMPRIMEUR-LIBRAIRE.

1815.

Il y a plus de quatre mois que cette pièce est faite. J'avais l'intention de la mettre au jour dès le moment où je ne trouvai plus rien à y corriger; mais la difficulté de se faire imprimer m'en détourna, et je la mis au fond de mon tiroir. J'aurais bien fait, sans doute, de toujours l'y laisser: non que je redoute ce qu'on en dira, je sais que j'ai manqué mon but; mais on respectera mon intention. En effet, j'ai choisi un sujet qui, traité par une main habile, aurait son utilité; elle y puiserait de grandes beautés, malgré qu'il ait été stérile pour la mienne. Ce n'est pas faute de travail, et si je n'ai fait qu'un mauvais ouvrage, ce ne sont pas mes efforts qu'il en faut accuser; c'est mon talent. Je dois cependant convenir que je me trouvais plus gêné qu'un autre ne l'eût été. Je voulais éviter de dire ce que j'avais dit dans mon Amour de la Patrie, et, malgré tous mes soins, je n'ai pu toujours m'en empêcher.

J'aurais dû de ces deux pièces n'en faire qu'une : il m'était facile de faire entrer l'Amour de la Patrie dans l'Amour de la Gloire; mais, comme le seul mérite de l'Amour de la Patrie est d'avoir été fait à une époque où c'était un crime de dire la vérité, et que c'était d'ailleurs mon opinion d'alors, je n'ai pas voulu le refondre.

J'eus beaucoup plus à me louer qu'à me blâmer d'avoir fait cette pièce; je ne sais ce qui arrivera à mon Amour de la Gloire Je vois des défauts et de mauvais vers dans l'une et dans l'autre; mais le public n'a jamais exigé d'un jeune homme un ouvrage parfait : je compte sur l'indulgence qu'il est accoutumé d'avoir. Ce que j'attends encore de lui, c'est qu'il m'avertisse de mes défauts : je recevrai ses avis avec docilité, et je ferai mes efforts pour les mettre à profit. Mais, comme il est des personnes qui, au lieu de nous donner des conseils, ne cherchent qu'à nous blesser par notre endroit le plus sensible, je déclare ici, qu'autant je ferai cas des bons avis, autant je mépriserai les sottises des méchans.

BELLOT, avocat.

22 Mai 1815.

L'AMOUR

DE LA GLOIRE.

——

Naguère je chantai l'amour de la Patrie.
Quoique de mon pinceau l'audace fut punie,
Je reviens provoquer encore le cartel:
Le trait qui m'atteignait n'est pas un trait mortel.
Aujourd'hui mon sujet est l'amour de la gloire.
   Ah! qui n'est pas jaloux, au temple de Mémoire,
D'aller graver un nom que la postérité
Reçoit couvert du sceau de l'immortalité.
L'homme est ambitieux; ainsi Dieu l'a fait naître:
C'est en vain qu'il se cache à qui sait le connaître.
Que de l'hypocrisie il prenne le manteau;
Qu'il soit dans la sagesse un Socrate nouveau;
Qu'il vive sous le chaume, ou rampe aux pieds du trône;
Qu'il ceigne la tiare ou ceigne la couronne,
Je mesure ses pas, j'ouvre sur lui les yeux,
Je pénètre en son cœur, et vois l'ambitieux.
Mais si l'ambition est un tyran de l'ame,
Souvent l'ambition noblement nous enflamme,
Et celui qui sur nous règne en maître absolu,
De l'amour de la gloire a fait une vertu.

C'est à ce noble amour que l'on doit le grand homme;
Sparte, l'illustre Athène et l'orgueilleuse Rome.
Ne doivent qu'à lui seul leur brillante splendeur :
Il fait le citoyen, et le mène au bonheur,
D'un tel maître il apprend à servir sa Patrie;
Il en reçoit le prix le plus digne d'envie,
La liberté: sa gloire, en abhorrant les fers,
Est de passer pour homme aux yeux de l'Univers;
Et s'il porte en son cœur l'horreur de l'esclavage,
A ce beau sentiment il joint le vrai courage,
Et mêle sur son front, si Mars guide ses pas,
Au laurier des vertus le laurier des combats.
Dans son ame est empreint un noble caractère:
Ses devoirs sont ses dieux, sa Patrie est sa mère.
Malgré qu'il ait pour maître un cœur ambitieux,
Son orgueil ne veut rien devoir à ses aïeux;
Il sait, quand il voudrait invoquer leur mémoire,
Que les honneurs sont vains dépouillés de la gloire.
Cette gloire chez lui n'interrompt point son cours,
Et s'il brille un matin, c'est pour briller toujours.
A qui la peut flétrir, la gloire est-elle chère?
Le grand homme avili redevient ordinaire:
Le sort l'avait en vain frappé de sa rigueur;
Il n'avait rien perdu, s'il lui restait l'honneur.

Quoi ! déjà des lauriers auraient paré ma tête,
Mon pays par mes mains sauvé de la tempête
Aurait de tous les cœurs fait adorer mon nom,
Et de l'opprobre un jour je couvrirais mon front?
De brave défenseur, je deviendrais un traître?
J'asservirais la France, ou la vendrais peut-être?
Lorsque j'aurais rendu mes frères malheureux,
Que je serais puissant et riche aux dépens d'eux,

Que sur leurs tristes fronts je lirais la souffrance;
Je les accablerais de ma vile opulence?
Leurs yeux verraient dorer mes superbes palais,
Et mon air insolent les braverait?.... Jamais.

Mais, ô Ciel! à mon nom qu'importe la richesse?
Si le sort a chassé loin de moi la détresse,
Que peut-il donc manquer à ma félicité?....
La richesse à mes yeux est l'immortalité.
L'avare n'aime rien que son or et la vie;
Il meurt, et n'a pas su qu'il eut une patrie:
Il meurt, c'est pour toujours.... Je dis qu'il ne vit plus.
Le grand homme au tombeau revit par ses vertus.
Ce n'est point le flatter d'une vaine espérance;
Le souvenir qu'il laisse est sa double existence.
Descendre dans la tombe et vivre dans les cœurs,
N'est pas souffrir la mort; c'est braver ses rigueurs.
L'homme obscur la redoute, avec raison peut-être;
Car son nom sans honneur finit avec son être.

Chérissez donc la gloire, et sortez du néant:
Est-il rien de plus doux qu'un nom reconnu grand!
Tentez, ne craignez point; en dépit du vulgaire,
Si l'on a fait beaucoup, il reste plus à faire,
Et quels que soient les noms qui sont connus de vous,
Le vôtre encor plus grand peut les éclipser tous.
Fatiguez votr esprit, forcez votre génie:
Les maux sont oubliés quand la tâche est remplie.

Fils chéri des beaux-arts, prenez donc le pinceau;
Le pinceau vous sied mal, recourez au ciseau.
J'aime autant Phidias que le peintre de Rome;
Un artiste parfait est toujours un grand homme.

Aux sciences plutôt voulez-vous vous livrer?
Au travail historique il faut vous consacrer.

Qui fera de nos jours la peinture fidelle,
Revêtira son nom d'une gloire immortelle.
C'est là que vous devez mettre au grand jour les mœurs,
Dévoiler les vertus et les vices des cœurs.
Cette carrière est noble, et son but est utile ;
Mais elle exige un art et grand et difficile :
Il faut puiser sans cesse au fond du cœur humain,
Il faut instruire,.... il faut être un Tacite enfin.
Développez par-tout son mâle caractère,
Et gardez-vous d'écrire en lâche mercenaire ;
Rappelez-vous aussi qu'aux perfides tyrans
Vous devez des leçons, et non pas de l'encens.
N'allez pas néanmoins, en juge trop rigide,
Leur enlever..... Prenez la vérité pour guide.
Ils sont assez flétris par leurs propres forfaits,
Sans leur prêter encor des maux qu'ils n'ont pas faits.
    Préférez-vous l'emploi de nos saints ministères ?
Laissez les vains docteurs expliquer leurs mystères,
Et quand vous nous parlez de la Divinité,
Soyez un Dieu vous-même, ayez sa majesté.
Long-temps l'ambition a couronné les prêtres :
Les peuples désormais n'en veulent plus pour maîtres ;
Ils n'ont pu nous tenir dans la profonde nuit,
Nous avons vu le jour, leur empire est détruit.
N'allez donc pas prétendre au pouvoir despotique ;
Dirigez la morale, et non la politique ;
Aimez votre pays, rangez-vous sous ses lois,
Et n'oubliez jamais que nos rois sont vos rois.
Ne nous fatiguez pas de sermons puériles ;
Parlez-nous de vertus, mais de vertus utiles.
Qui veut faire des saints, fait de mauvais Chrétiens :
Faites de bons époux et de bons citoyens.

L'éloquence à la gloire ouvre encore une voie :
Où le talent s'annonce, il faut qu'il se déploie.
Que celui-ci, grands Dieux ! a de puissans attraits !...
Si vous avez un cœur prodigue de bienfaits,
Si vous êtes doué de ce grand caractère
Qui d'un simple mortel fait un dieu sur la terre,
Sans la gloire pour vous s'il n'est point de bonheur,
Si vous voulez jouir, devenez orateur.
Mille et mille innocens vous auront dû la vie,
Et votre voix un jour peut sauver la Patrie.
Démosthène, on le sait, n'est ni roi ni soldat :
Du haut de la tribune il gouverne l'état.
A l'empire des Grecs Philippe ose prétendre,
Et les Grecs consternés n'osent plus se défendre ;
Athène est prête enfin de recevoir des lois :
Que va-t-il opposer à Philippe ?.... Sa voix.
Mille orages affreux s'élèvent sur sa tête,
Sa sublime éloquence insulte à la tempête ;
Le grand homme a juré de sauver son pays ;
Il enflamme les cœurs, ranime les esprits.
Athène, avec horreur, repousse encor ses chaînes :
L'Univers retentit du nom de Démosthènes.
Et toi qui fis trembler le fier Catilina,
Toi qui bravas l'orgueil du farouche Sylla
Et de tous les brigands qui regorgeaient dans Rome,
Qui sauvas ton pays, Cicéron, ô grand homme !
Modèle des vertus ! entends aussi ma voix....
Mais comment te louer ? tu le fus tant de fois !
Et ma lyre.... Non, non, je ne puis l'entreprendre.
Si tu me veux des pleurs, mes yeux vont en répandre ;
Des pleurs parleraient mieux ici que mon pinceau....
Je jure d'en verser un jour sur ton tombeau.

O vous que l'innocent appelle à sa défense,
Jeune orateur! voilà les dieux de l'éloquence.
Dans leurs divins écrits c'est à vous de puiser,
Si vous voulez comme eux vous immortaliser.
Sur-tout dans vos discours qu'un beau feu vous enflamme;
Tantôt frappez l'esprit, tantôt parlez à l'ame:
Vous ne parviendrez pas à captiver les cœurs,
Si vous ne possédez l'art d'arracher des pleurs.
Que vos accens soient purs: vous charmez mieux encore
Quand la raison jaillit de votre voix sonore.
Que j'aime l'avocat lumineux, érudit,
Dont l'organe flatteur persuade et séduit!
Mais ce n'est pas assez encore qu'il m'enchante:
Je préfère un grand cœur à la voix éloquente.
Aux talens, au courage, si des lauriers sont dus,
L'homme n'est immortel qu'à force de vertus.
Jamais la vérité ne sied à l'ame impure,
Et l'on ne séduit point en forçant la nature:
Si l'esclave ne peut prêcher la liberté,
L'homme probe peut seul parler de l'équité.
Vous pouvez parcourir encor d'autres carrières:
Consultez votre goût, votre cœur, vos lumières;
Fixez bien votre choix, courez après un nom,
Et des lauriers bientôt couvriront votre front.
Tous les métiers sont beaux, et chaque art est utile;
Mais ne recherchez point une gloire facile.
Créez, si vous voulez illustrer vos travaux:
Qui ne sait qu'imiter n'est qu'un demi-héros.
Soyez persévérant, riez-vous des obstacles,
Et vous nous surprendrez un jour par des miracles.
Voyez comment Colomb arrive à la grandeur.
Quelle gloire, grands Dieux! va chatouiller un cœur!

Colomb à l'Univers promet un autre monde ;
Il le trouve perdu dans l'abyme de l'onde.
Voulez-vous ajouter au nom de nos guerriers,
Sur les pas de Colomb moissonnez des lauriers.
Les Jean Barth ne sont plus ; mais ils peuvent renaître :
La France en peut créer, et de plus grands peut-être.
En vain l'Anglais sur l'onde étonne l'Univers ;
Un noble ambitieux peut lui ravir les mers.
　Si l'honneur autrement vous appelle à la guerre,
Et s'il faut que du sang rougisse encor la terre ;
Si de fiers ennemis viennent vous asservir,
Marchez, il faut les vaincre, ou sous leurs coups périr.
Que je hais le mortel sans vertus, sans courage,
Qui se laisse charger des fers de l'esclavage !
Est-il donc si cruel de supporter la mort,
Et le lâche peut-il avoir un heureux sort ?
Non, ne vous souffrez pas couvrir d'ignominie ;
Gravez dans votre cœur ces mots : GLOIRE et PATRIE.
Alexandre, outragé par l'orgueil d'un Persan,
Se laisse-t-il dicter des lois par ce tyran ?....
Bientôt il le punit, il monte sur son trône,
Et sur son front, du Monde il pose la couronne.
　La France voit contre elle avancer l'Univers,
Et le Français frémit à l'aspect de ses fers ;
Il arbore soudain l'étendard de la gloire ;
Il poursuit l'Univers de victoire en victoire.
Nos défenseurs n'ont vu qu'à peine leurs drapeaux,
Ils volent au combat, Mars en fait des héros ;
Et qui voudrait nombrer nos vaillans capitaines,
Trouverait cent Condés, cent Villars, cent Turennes.
　Cependant, loin de nous ces monstres conquérans,
Aux yeux, aux cœurs de tigre, aux visages sanglans,

Qui se donnent les noms de maîtres de la terre ;
Qui, plus fiers que celui qui lance le tonnerre,
Pensent qu'à leur aspect Dieu lui-même fléchit !
D'un souffle ou d'un regard Dieu les anéantit.
J'aime un guerrier dont l'ame est belle et magnanime,
Qui sert de son pays la cause légitime,
Et qui, toujours humain autant que généreux,
Au seul prix de l'honneur achète un nom fameux.
Je connais tous les maux attachés à la guerre ;
J'ai vu Mars embrasant et ravageant la terre :
Je sais où peut aller tout le courroux du Dieu ;
Mais aussi ce courroux a son noble milieu.
Celui qu'au champ d'honneur appelle la Patrie,
La valeur l'éternise, et non la barbarie.
Des guerriers sans pitié sont de lâches bourreaux :
La clémence est facile à l'ame des héros.
Le lion africain, dans une faim pressante,
S'empare et se repaît d'une proie innocente,
Lui ronge en rugissant les membres et le flanc ;
Il se gorge de chair, il s'enivre de sang :
Mais, sa faim assouvie, il n'a rien de farouche ;
Il tient une autre proie, et la pitié le touche ;
Il détourne les yeux, soupire, et sur-le-champ
Il s'enfuit, satisfait d'avoir été clément.
   Si vous voulez jouir d'une gloire immortelle,
Monarques et guerriers, je vous offre un modèle :
Imitez ce Henri, si cher aux cœurs français,
Et votre nom alors ne périra jamais.
C'est lui qui mérita de porter la couronne ;
C'est lui qui fait rougir les tyrans sur le trône.
Dans quel sang innocent a-t-il trempé sa main ?
Dans quels temps, dans quels lieux ne fut-il pas humain ?

Mais contre des Français il a tourné ses armes !...

Il rachetait leur sang par des torrens de larmes.

Si l'honneur, le devoir l'appelaient aux combats,

La clémence par-tout accompagnait ses pas;

S'il frappait ses enfans, il les frappait en père;

Il demandait la paix, ils lui fesaient la guerre :

Mais, s'ils venaient enfin lui soumettre leurs cœurs,

De ses yeux paternels coulaient les premiers pleurs.

Au milieu des combats il montra son courage :

Voyez-le dans la paix comme il gouverne en sage.

Autour de ce grand roi tout est content, heureux;

Il chérit ses sujets, il est adoré d'eux.

Lève-t-il un impôt, c'est pour le misérable;

Lance-t-il un arrêt, l'arrêt est équitable.

Il révère les lois, protège les talens,

Chasse de son palais les lâches courtisans,

Et l'égal de celui qui règle la nature,

Il voit des mêmes yeux et la pourpre et la bure.

Grand Prince! et le poignard a pu percer ton cœur?

Il osa te frapper sans reculer d'horreur?

Tu n'est plus, le temps fuit, ta mémoire chérie

Depuis deux cents hivers te tient lieu de la vie.

Pourquoi donc cependant un si long souvenir?

Si tu pris tant de soin de te faire bénir,

Tu remplis un devoir imposé par le trône.

Quand le Ciel te remit le sceptre et la couronne,

Parle! que te dit-il? « Rends heureux tes sujets;

» Si tu les fais gémir, redoute mes décrets. »

Tu nous rendis heureux, tu craignis sa colère;

Tu n'as fait en un mot que ce qu'un roi doit faire.

Mais si de saints respects, Grand Homme, te sont dus,

Que doit-on à ces rois sans gloire et sans vertus?

Qui, jaloux du pouvoir jusques à l'insolence,
Ne connaissent qu'orgueil, que haine et que vengeance;
Qui pensent que tout doit concourir à leurs vœux,
Que leur peuple est esclave et doit ramper sous eux,
Que Dieu les a placés au-dessus des obstacles,
Et qu'ils sont sur le trône érigés en oracles?
   L'impudence à mes vers semble prêter sa voix;....
Mais je n'outrage point la majesté des rois,
Et ceux qu'avec raison tout l'Univers admire,
N'ont point à murmurer des accens de ma lyre.
J'abhore les forfaits, je chante les vertus:
Je maudis un Néron, et bénis un Titus.
   Un Titus!.... Pour les rois quel beau modèle encore!
S'ils craignent de laisser un nom que l'on ignore,
Le chemin est ouvert à la célébrité:
Sur les pas de Titus est l'immortalité.
Dieu seul fait les bons rois, me dira-t-on peut-être.....
Un prince est toujours grand, du moment qu'il veut l'être.
Ce serait tolérer les forfaits des méchans:
Les rois qui sont tyrans veulent être tyrans.
Chacun peut moissonner la vertu sur la terre,
Et la gloire est facile à qui la gloire est chère.
Compagne de l'honneur et mère du guerrier,
Elle peut honorer un peuple tout entier.
   J'en pourrais nommer un qu'on dirait qu'elle inspire;
Un jour, du monde entier je veux le voir maudire:
Déjà de crime en crime il s'est soumis les mers,
Il croit en le trompant subjuguer l'Univers.
Gardons-nous d'imiter un peuple si perfide:
Les forfaits sont ses dieux, prenons l'honneur pour guide.
   Ses sots admirateurs vont ici m'accabler. ...
Le chantre citoyen les attend sans trembler;

Il a des vérités qu'il leur réserve encore.
Je ne puis avilir le titre qui m'honore:
Je suis du sang français, j'aime trop mon pays
Pour ne pas abhorrer ses cruels ennemis.
Qu'un autre les bénisse et chante leur courage,
Et qu'heureux de nous voir plongés dans l'esclavage,
Et plus heureux encor de nous voir immoler,
Le traître contre nous ose les appeler!
Mais pour moi, condamnant sa fureur insensée,
Maudissant, exécrant son horrible pensée,
(Je ne dis rien ici sans l'aveu de mon cœur,)
La gloire de la France est mon plus doux bonheur;
Et je me garde bien, quand mon courroux s'allume,
Quand mon fiel agité ruisselle sous ma plume,
Quand je foule à mes pieds des lâches que je hais,
D'attaquer et flétrir l'honneur du nom français.
L'outrager en effet, c'est trahir sa patrie. ...
Ma muse jusque là se serait avilie!....
Elle n'a, je le sais, ni charme ni pouvoir;
Mais du poëte au moins je connais le devoir.
    O vous qui par vos chants prétendez à la gloire,
Vous ne ferez jamais chérir votre mémoire,
Si, méprisant l'honneur, le plus précieux bien,
Vous nous montrez un cœur qui n'est pas citoyen!
Elevez-vous sans cesse, et de votre langage
Effacez tous les mots qui sentent l'esclavage.
La langue du Parnasse est la langue des dieux:
Franchissez, s'il se peut, la distance des cieux;
Que le flambeau divin lui-même vous éclaire,
De l'Olympe donnez des leçons à la terre,
Hardiment aux mortels dites la vérité,
Et vos noms voleront à l'immortalité.

Quoi donc, que craignez-vous ? les flatteurs, les Zoïles,
Les lâches courtisans ! Misérables reptiles,
Vous les pouvez d'un coup écraser sous vos pieds.
Et qu'importent leurs cris et leurs inimitiés ?
Du laurier mérité la branche est toujours prête,
Et la justice un jour l'attache à votre tête.
 Croyez-vous à la gloire aller impunément ?
Qui combat sans dangers triomphe lâchement.
Dédaignez un sujet et commun et futile ;
Ayez l'ambition d'un Milton, d'un Virgile.
Aux périls, ai-je dit, on juge les héros :
Un auteur reste obscur sans de hardis travaux.
Une foule d'écrits déshonore la France,
La platitude encor surpasse l'indécence ;
Mais ce qui fait rougir, ces monstrueux écrits
Font applaudir l'auteur et courir tout Paris.
J'ai vu Gargantua sur la scène comique ;
On y mettra bientôt la lanterne magique.
Ceux-ci gâtent le goût, et par là dangereux,
Ils rendent leurs auteurs méprisables comme eux.
Mais j'en ai lu, grands Dieux ! comment peut-on les lire ?
Le flatteur doit ici sentir ce qu'il m'inspire.
Puisque c'est le moment de faire son portrait,
Quatre mots à vos yeux le peindront trait pour trait.
Protecteur tour-à-tour des vertus et du crime,
Il vous loue aujourd'hui, demain il vous opprime.
Toujours bas et rampant, égoïste et pervers,
Vous ne voyez qu'encens et que fiel dans ses vers.
Il suit par-tout des rois la fortune inconstante :
Tombés, il les flétrit, et puissans il les chante ;
Et c'est au poids de l'or qu'il leur vend son poison ;
C'est l'or seul qui nourrit son vénal Apollon.

Qu'il est grand à mes yeux le roi qui le méprise;
Mais aussi que la haine est justement acquise
A ces vains potentats, à ces lâches tyrans,
Qui n'ont jamais vécu que d'orgueil et d'encens.
Et quel est cet encens, Monarques, qu'on vous donne?
Vous le croyez pour vous, il est pour votre trône.
Souvent de ces flatteurs vous n'êtes pas connus;
Ils chantent vos honneurs, et non pas vos vertus.
Détestez, repoussez cette troupe perfide,
Aujourd'hui caressante et demain homicide.
Il me semble toujours la voir à vos genoux,
Prête, si vous tombez, à vous percer de coups.

Flatteurs, si mon langage à vos yeux est coupable,
Aux miens, ainsi que vous, le vôtre est exécrable.
Sachez que votre impure et criminelle voix
Est le poison du monde, étant celui des rois.
Taisez-vous, ou cessez de souiller votre lyre:
Sans toujours encenser ne pouvez-vous écrire?
Parlez, qu'attendez-vous de votre lâcheté?
De l'or,....; et les mépris de la postérité.
Ce serait vainement que vos plumes fertiles.....
Mais pourquoi tant parler de ces ames serviles?
Ma voix, élevez-vous sur un sujet plus beau:
C'est au législateur d'occuper mon pinceau.

Je parcours en esprit le temple de Mémoire;
J'y vois l'homme immortel et son degré de gloire.
L'artiste, l'orateur, le poëte, le guerrier,
Respirent ombragés du myrte et du laurier;
Le monarque a des dieux la majesté suprême;
Mais le législateur me paraît un dieu même.
Si l'on sait justement peser ce qu'il a fait,
On voit qu'au rang des dieux il doit être en effet.

Ses lois retrempent l'homme; il le rend bon et sage,
Et le temps qui s'enfuit respecte son ouvrage.
Minos!.... L'éternité se consacre beau nom,
Et nous voyons encor par les yeux de Solon.
Lycurgue, et toi Moïse, encor plus grands peut-être,
Si Jéhovah du monde est le souverain maître,
Si c'est lui qu'à genoux nous devons adorer,
C'est vous que nous devons après lui révérer.
   Ah! si quelque mortel se sentait leur génie,
La moitié de la terre est dans la barbarie;
Qu'il l'éclaire au plus vîte, et qu'il brise ses fers;
Qu'un jour la liberté soit dans tout l'Univers.
En dépit des tyrans, il a droit d'y prétendre,
Et peut-être il n'a pas bien long-temps à l'attendre.
L'amour de la Patrie y conduit surement;
Il faut donc former l'homme à ce beau sentiment:
C'est peu d'en faire un sage, il en faut faire un brave;....
La mort est préférable aux chaînes de l'esclave,
Et j'en atteste ici tous les législateurs,
L'amour de la Patrie est l'empire des mœurs.
Mais comment l'inspirer cet amour magnanime?
C'est l'art d'une grande ame et d'un esprit sublime;
Si vous voulez enfin l'apprendre par ma voix,
Il serait dans nos cœurs, s'il était dans nos lois.

FIN.

www.ingramcontent.com/pod-product-compliance
Lightning Source LLC
Chambersburg PA
CBHW061445170626
46811CB00005B/2374